咏集

汤世贤 著

中国广播影视出版社

作者简介

　　我是一个土生土长的农民，小学失学，在"大跃进"年代半工半读二年，所以文化不高，作品实难登大雅之堂。我从小很爱读书，在那靠工分吃饭的年代，为了养家糊口而日夜操劳，根本没有时间读书。记忆中我最美好的日子是碰到下雨天无法干农活，人家都在打扑克、闲聊，而我则躲在一旁津津有味地看小说、读报纸。只要有学习的机会，哪怕是捡到一张废报纸，我都要从头到脚细细看完，从不舍得丢弃。

　　退休后，我才有机会读书学习，闲下心来看书、写诗。生活中的点点滴滴都是我写作的素材。虽已是耄耋之年，但我仍手不释卷、勤学苦练。儿子儿媳们鼓励我，说我是"活到老学到老奉献到老"的榜样。我希望这种耕读家风能得到传承。

耕读传家久　诗书继世长

——《贤咏集》序一

吴重生

本书著者汤世贤先生，乃世居浙江金华多湖街道孟宅村的一名老者，虽事稼穑，却爱读书。农事之余常以诗词自娱。

我与世贤先生相识多年。先生家风严谨，子孙孝顺。这部诗集，是先生的儿媳主动帮助整理成电子稿发我，而先生的两个儿子一起商量给他拟取的书名。大儿媳为先生作诗以应和，小儿媳帮助打字。愚以为，"贤咏集"三字甚妙。"贤"者，一语双关，既是先生本名"世贤"之简称，又是贤者之意，如古人言："可久则贤人之德，可大则贤人之业。"

先生谦虚，云其所咏之句，均为"杂咏"，不敢称"诗"。然而，窃以为，先生之诗，虽多不合韵律，但极接地气，宛如农家后园里的蔬菜瓜果，四时常青，活色生香。

年轻时我酷爱古诗词，记得有一次去武义出差，临行前我在采访本上手抄了一篇陶渊明的《归去来兮辞》，在公交车上暗自背诵。当天采访结束，在宾馆临睡前，反复吟诵方才入睡。世贤先生虽无像陶潜先生那样曾担任八十多天彭泽县令的出仕经历，但他"处江湖之远则忧其君"。所作诗词，虽多直抒胸臆之句，亦不乏家国情怀，生动地描写了农村春、夏、秋、冬四个季节的景色和乡居生活。

中国人有一种与生俱来的恋乡情结，无论离家多远，无论地位多高，故土永远是他们生命的起点和灵魂的归宿。汤世贤先生的祖上是武义人。我曾于二十多年前拜访过位于武义县溪南滩的百鹿台，与三进间雕梁画栋的汤氏宗祠连为一体，曾一度是武阳文化的象征。作为建于清代修于民国的戏台，它的外貌与其他古戏台没什么两样。令人称奇的是，台内檐柱上雕刻着许多形态各异的鹿儿，不多不少，正好一百只。鹿是吉祥的象征。有鹿之地，皆风调雨顺，人杰地灵，在山则山清水秀，近宅则宅安财旺。汤门乃书香世家，名士辈出。《汤氏宗谱》载其为商汤后裔。"立身行道，心系天下"乃汤氏家风。世贤先生时刻不忘秉承并弘扬祖德。

汉陆贾《新语》："鹿鸣以仁求其群"，"鹿鸣"是读书人的精神支柱。李白《梦游天姥吟留别》中有"且放白鹿青崖间，须行即骑访名山"的名句。汤氏以鹿为家族的图腾，中华鹿文化是长寿文化的重要组成部分。如今，世贤先生的儿子儿媳多从事良药济世的健康产业，冥冥之中与祖德相合。

世贤先生在《过年》一诗中写道："小孩盼过年，囊涩生活艰／半夜排长龙，喜买打猪头／除夕猪头煮，肉香飘满屋／孩子馋涎滴，其肉要待客／兄弟啃骨头，满嘴油渍渍／平安才是福，家贫快乐多。"有农村生活经历的人，看到这里，一定会会心一笑，并生发"忆苦思甜"之慨。在《砍柴》一诗中，世贤先生写道："披星出门南山中，脚穿草履衣衫单。足冻身颤脸刺骨，采薪图得熬米汤。披荆斩棘满手血，捆起柴禾日挂西。人困口渴饥肠辘，掬起凉水冷饭吞。肩肿风逆步履艰，戴月归家身已疲。"——这是老人的亲身经历，非书斋诗人所能虚构。

除追忆往事以外，还有描写耕种的快乐，如他在《躬耕的收获》一诗中写道："躬耕田园里，喜从眉梢展。荷风送香气，玉米穗吐须。番茄满枝头，丝瓜架下挂。南瓜熟蒂落，豆荚饱鼓鼓。芋芳长势旺，花生绿油油。一派丰收景，喜悦心中荡。田野无喧哗，鸟鸣伴你行。"

虽然世居农村，一辈子与土地为伍，但因为儿女都事业有成且无比孝顺，世贤先生得以在晚年周游世界。请看他 2018 年 2 月 19 日写于温哥华的诗《斯坦利公园加拿大广场》："跨境温哥华，迎来漫天雪。登上观景塔，全览温哥城。老街蒸汽钟，按时会打点。斯坦利公园，沿海绕小径。遮天蔽日林，城园融一体。"

世贤先生的诗词里承载着一位农村老人的"中国梦"和世界观。改革开放的春风吹绿了中华大地，极大地改善了人民群众的物质生活。汤氏家风的传承，使得老人在尽享天伦之乐的同时，得以在更广阔的世界里丰富自己的生活，挥洒自己的文思。与那些高居庙堂的诗人相比，世贤先生的诗显得"土"，但正是这种"土"，让人感受到浓郁的生活气息和炽热的乡土情怀。人民群众与文艺创作相生相伴、相辅相成。世贤先生以自己的诗歌创作实践，生动诠释了文学艺术根植于乡土，不断从劳动人民的生产和生活实践中汲取养分，切实反映老百姓的喜怒哀乐，才能真正为人民所喜，为读者所爱。

世贤先生的《贤咏集》内容丰富，题材广泛。祖国生日、儿孙公司庆典、自家后园瓜果长势喜人、外出旅游看见好风景，等等，他信手拈来，下笔成诗。由于热爱阅读和写作，虽然文化程度不高，但老人的见解不俗。这是因为走出国门开阔了视野，与儿孙交流也增长了见识。世贤先生虽年逾八旬，但身体康健，性情开朗。如果说是亦耕亦读的生活，陶冶了他的身心，锻炼了他的体魄，那么，尊老爱幼、和谐向上的家庭气氛，则给了老人精神的滋养。

儿行千里母担忧。牵挂儿孙乃有之常情。2018年6月，孙女丹青大学毕业，老人喜不自胜，赋诗两首以寄，其一云："苦读十四载，学业喜丰收。不负众人望，窈窕又怀才。学后要致用，品学需兼优。人生刚起航，鼓风向前方。"其二云："四载同窗友，一朝垂泪别。师恩当永铭，同学情谊深。相约再见日，他年梦圆时。"他在赠孙儿汤米的一诗中写道："小子渡重洋，慈母心挂牵。思彼身孤独，愿陪儿同住。犹恐饭菜少，餐餐亲下厨。愿尔勤努力，报答父母恩。"

老人以诗纪事，以诗抒情，以诗言志，也以诗表达对生活的感悟，如他的《夫妻篇》一诗，朴实真诚，富有哲理："糟糠夫妻同林鸟，前世有缘才相聚。相敬相爱相扶持，安危祸福共相依。老有所养不攀比，兴趣爱好多交际。助人为乐多行善，心中无愧益寿年。老俩碰磕常有事，不要麦芒对针尖。让他三分风浪静，退步一笑泯恩怨。"

古人说:"世事洞明皆学问,人情练达即文章。"世贤先生胸怀天下。他的笔下并非全部是家长里短,四时田园,而多忧国忧民之心。他的"贤咏"有时候也是"咏贤"。如2021年5月,他惊闻"杂交水稻之父"袁隆平院士仙逝,夜不能寐,赋诗一首以痛悼:"无双国士袁隆平,稻浪千重惠万民。以食为天贤齐天,手捧稻菽思伟人。"由此可见,《贤咏集》所咏之人,所载之事,所抒之情,乃时代之思,家国之情。

耕读传家久,诗书继世长。世贤先生以自己的身体力行为儿孙树立了"活到老学到老奉献到老"的榜样。《贤咏集》是一部诗歌版的家族史,是美德传承、家风传承的宣言书,是一位沧桑老人对新时代的礼赞,是以最通俗易懂的语言对儿孙的谆谆教导。

这本书的出版,得到了世贤先生儿孙们的一致赞同和鼎力支持。这是他们向父辈表达孝心的一种方式,也是对子孙后代"怎样做一个好人"的无声诠释。

谨以为序。

(作者系中国作家协会会员,中国摄影出版社编审、总编辑)

破土见世界　丹心照日红

——《贤咏集》序二

王锡洋

奉重生兄之命，为汤世贤老先生诗集作序。闻汤老先生乃农村老人，已至耄耋，仍痴迷诗词创作，为之好奇，为之敬佩。怀桑梓之情而见贤思齐，遂乐以为序。

《诗大序》有言："诗者，志之所之也，在心为志，发言为诗。"是以，中国诗歌以表现内心情志为核心主旨，所谓"人禀七情，应物斯感；感物吟志，莫非自然"（南北朝刘勰《文心雕龙·明诗》）。我辈身处人世间，所历事、所见景皆有不同，故有截然不同之情志，发而为截然不同之诗歌。

《贤咏集》便是作者汤世贤老先生的情之所

系，心之所感，所咏之景之事皆着汤氏之色彩，不可移易。作者对农事活动熟稔而热爱，他种植瓜果、养殖鸡鸭、采摘莲叶、挖掘春笋……每日忙碌而快乐，过着令人向往的田园生活，诗歌中自然表露出他内心的宁静而充盈、积极进取以及坚韧不拔。就像他在《安地挖笋》中所说的："春雨润万物，竹笋向天出。破土见世界，丹心照日红。雪压竹头低，竹尖欲沾泥。晴空风逍遥，竹梢比天齐。高洁自浩然，青翠似史书。坚韧不拔志，见笋知我心。"名为挖笋，实为咏笋。此春笋为雨露滋养而生，在泥土中努力向天际伸展，终于破土而出。春笋蓬勃向上的"丹心"与红日相互辉映，令人炫目。未来即使沾上泥巴抑或雪压枝头，也仍迎风而立、自由生长，直至竹梢伸到天边。全篇在写春笋，却更像在写汤老先生自己，写他努力上进的精神，写他韧性十足的意志，写他终究实现心愿的欣慰，真挚可人，令人难忘。他在《南山挖笋》中的"春雷惊后笋，破土往上钻"亦表达出此种情志。《安地挖笋》虽有些不符合传统诗体的体式规范，但并未影响他诗意的表达。后四句若能含蓄婉转以出之，或至八句而止，则可更具艺术气息。

《康衢谣》《击壤歌》《弹歌》等古代歌谣中，有诸多为农牧人对日常生活的记录与书写，朴质无华，却诗趣盎然。故好的诗歌，一定是写尽生活、妙趣横生。汤老先生的作品堪称得其三昧。像《春光水凫》云："春光入大塘，池中荷叶尖。荷枝鸟作窝，孵出小小凫。日暖水中荡，悠悠跟母曳。"大好春光化入池塘，生机随处可见。大大的池塘中，铺展着圆圆的荷叶、亭亭净植的荷梗和尖尖的荷花蓓蕾。荷叶与荷梗上的鸟窝里，孵出一个个小水鸟。阳光下，水鸟宝宝跟着妈妈悠悠然摇曳飘荡在温暖的水中。整篇野趣十足，想象新鲜。至于"草枯禾叶卷，家鸡树下躲"（《秋日如虎》）、"晓星出门摸黑归，新麦未干磨粗粉"（《又到小满话当年》）诸句，皆为通俗之语，不着修饰而意境自出。

诗歌朴质高古，趣味横生。不事雕琢固然是好，但古往今来的优秀诗歌，无不经由千锤百炼而得来。汤老先生在诗语锤炼上，也颇见用功之处。譬如《南山挖笋》的"竹头透日射，微风影婆娑"，营造出竹林日影，微风婆娑之境；《夏日赏荷》的"千朵红莲万方水，一弯明月半亭风"，以千万之多对一弯、半亭之小，在辽阔之景上点缀出轻盈之情调；《塔山观油菜花》的"盘山坡道转，山坡黄艳艳"，以山路婉转衬随处可见的金黄油菜花，大有弥漫淹没、艳丽逼人之势；《清明祭祖》的"问我侬是哪路银，阿讲阿侬金华银"，拟声金华方言，形象描摹了作者由金华回武义祭祖以乡音聊天的场景。

汤世贤老先生对诗歌创作的着迷、痴情与勤奋，于以上三点可见一斑。他以言志为诗歌之根本，从身边万物取材，在朴质与雕饰中学习创作，数十年如一日，真如其所吟咏的春笋那般坚毅无畏，相信他的"破土见世界，丹心照日红"的精神能被更多的人看到与读懂，并且给予有志于诗歌创作的人以无尽的激励。

2022 年 9 月 15 日

（作者系中华诗词研究院副院长）

目　录

鲍威尔湖

鲍威尔湖人工造，红岩碧水湖更蓝。
石拱交接犹如轴，阳光透射波潋滟。

杭州运河边

杭州是天堂，装扮更妖媚。
运河穿城过，美桥相连接。
闲步河廊上，秋风轻拂面。
桂花溢清香，神怡我心房。
柳枝宛垂帘，舞姿皆婀娜。
公园连公园，绿草如地毯。
游船穿桥过，涟漪泛碧波。
兰亭随处现，浪漫情怀生。
步步皆景色，处处似花展。
江南风光美，杭城胜一筹。
家在杭州住，赛过活神仙。

辣椒颂

青枝绿叶红丁挂，貌美面红心赤辣。
有人欢喜有人怕，人生多要经历它。
购得黄牛可耕田，结间茅房傍水边。
因思老去无多日，且居深山过清闲。

孟宅村面貌变

民生工程暖人心，环境优美孟宅村。
昔日泥塘污水浑，如今水清荷叶蓝。
村边花开多锦簇，白墙黑瓦景如画。
小坡丛树满荫绿，鸟声蝉鸣胜幽雅。
垃圾分类存放好，改变旧俗环境美。
农村面貌大改变，不忘初心得民心。

羚羊谷

沙漠滩中羚羊谷，谷顶阳光降奇彩。
犹似琥珀自雕琢，奇妙变幻世称绝。

科罗拉多马蹄湾

科罗拉多河，蜿蜒似马蹄。
陡峭悬崖壁，落差近千米。
惊魂动心魄，险境惹人迷。
敢冒风险近，不留遗憾去。
一览饱眼福，再览叹世奇。

悼长兄世坤

电传噩耗惊，长兄驾鹤西。
同胞情意切，悲泪湿衣襟。
享年八十九，长嫂相命依。
儿女已尽孝，不枉此一生。

赛多纳小镇

一

红山怀抱赛多纳，红山红钟教堂红。
环境幽静人和善，路人相见哈喽打。
礼貌高尚世无争，凡尘之间没喧嚣。
生活浪漫又潇洒，快乐人生寿命高。

二

小镇赛多纳，红岩山景佳。
四季皆如春，环境更优雅。
礼貌人友善，见人打哈喽。
尘世无张嚣，人间没浮华。
老人开慢车，浪漫又潇洒。

晨起菜园

窗外透微光，枝头鸟儿唱。
荷锄田园间，劳作汗水洒。
蔬菜一片绿，瓜果满枝头。
绿色无公害，餐桌吃放心。
菜园活动场，锻炼好地方。
辛勤换收获，心情多舒畅。

祝丹青大学毕业

苦读十四载，学业喜丰收。
不负众人望，窈窕又怀才。
学后要致用，品学需兼优。
人生刚起航，鼓风向前方。

卡皮拉诺吊桥公园

卡皮拉诺园，参天原始林。
树腰牵吊桥，峡幽谷静深。
山雾蒙眬往，紫气似东来。
游客无须惊，绝景自徘徊。

旧金山之旅

一

驾云越洋旧金山，震后百年又重建。
金门桥上故事多，渔人码头闹非凡。

二　威尼斯人贝拉吉奥度假村拉斯维加斯

富人豪商奢华地，娱乐之都维加斯。
昼夜倒置尽豪赌，金钱挥霍似粪土。
世界标志尽搬点，辉煌酒店皆赌场。
狗年兆丰五谷登，往来多为嗜赌人。

三　科罗拉多大峡谷

科罗拉多大峡谷，犹如地球刀斧剖。
两壁悬崖深难测，岩层构成千姿态。
忽听游客齐惊呼，移步换景奇观多。
蜿蜒曲折遥千里，名震寰宇大峡谷。

南山游

春暖花开时，重游南山地。
当年秃山岭，树茂令人惊。
山青石径幽，竹海叠重浪。
怪石多胜画，新楼傍山造。
小桥流水淌，红鲤漪中徉。
花亭画长廊，美景锦上添。
相忆年少时，顿觉多忧伤。
饥荒灾难临，伐薪熬米汤。
披星戴月起，路遥几十里。
草履踏露霜，身颤衣衫单。
山穷丛林秃，捆薪日挂西。
肩重逆风行，口渴肚肠饥。
归家见天星，幸得柴薪归。

夏日荷塘

一

又到盛夏日，荷花竞相绽。
天蓝花更艳，观之心欲醉。
花蕊香气袭，引来蜂采蜜。
行人驻足观，观花竟忘返。
吾独有此幸，荷塘在窗前。

二

接天莲叶碧连天，映日荷花别样香。
蜻蜓飞舞池塘中，薄翅伸尾点水面。

番茄颂

夏时番茄红，枝枝挂灯笼。
餐中是佳品，味美营养丰。

武义江畔

散步武江畔，清风水漪涟。
两岸树皆绿，青山有白云。
水牛啃嫩草，羔羊跪哺乳。
牛背白鹭栖，八哥吐脆音。
日落余晖多，江南风景好。

荷塘记趣

余爱荷不染，植莲逾半亩。喜乐随心入，美在荷塘中。
冬来荷叶枯，卷叶摇寒窣。荷藕泥中眠，静待春光舒。
笔芽往上冒，见天叶舒展。荷枝欲上天，酷暑不觉炎。
其势蓬勃发，荷叶荡碧波。荷蕾托荷蕾，荷花妖娆媚。
红白缀相间，瓣开小金莲。莲须蜂蝶采，蜻蜓剑叶停。
青蛙池中呱，小凫水中曳。细雨花更艳，出浴美芙蓉。
窈窕羞滴滴，晶莹荷叶珠，落水响叮咚。荷莲过人头，
采莲荷中隐，莲蓬似招手。心慌恐折枝，隔叶看羞姿。
秋来藕似笋，节节泥中钻。塘底颜如玉，挖出请人尝。

七夕情人节有感

七夕情人节，顽童凑热闹。
夫妻同林鸟，有缘才相聚。
良言益多多，恶语要少少。
恩上要有爱，蜂蜜再加糖。

心心相印

党的富民深入人心，青山绿水不忘初心。
党群关系以心换心，用心良苦深得群心。
美丽乡村齐下决心，环境优美人之悦心。
礼貌友善人皆爱心，善待老人俱有孝心。
品德高尚待人虚心，社会和谐万众一心。
长寿之药天天开心，良好风尚蔚然成心。
安居乐业人人舒心，村景建设倍有信心。
党为人民无愧于心，美好明天党群齐心。

荷田水鸟

荷叶擎雨盖，水鸟枝中栖。

做窝产下蛋，破壳叫唧唧。

羽黑冠红美，近前细细看。

行动如飞箭，时隐又时现。

唯恐惊幼鸟，复探已不见。

家门口所见

门前树林密，后檐桂花香。
窗边秋风重，树荫鸟轻啼。
河畔妇洗衣，捣衣声似欢。
屋后是荷塘，角亭立中央。

中秋

暑往明日去，凉从此夜来。
近看荷花老，远闻丹桂香。
门前花竞艳，窗外蝴蝶舞。
秋荷渐枯萎，莲藕节节壮。

赠汤米

小子渡重洋，慈母心挂牵。
思彼身孤独，愿陪儿同住。
犹恐饭菜少，餐餐亲下厨。
愿尔勤努力，报答父母恩。

婶母仇美观终寿

婶母永别千载去，儿孙泪洒几时干。
吾幼丧母婶娘带，难忘婶母再造恩。

夫妻篇

糟糠夫妻同林鸟，前世有缘才相聚。
相敬相爱相扶持，安危祸福共相依。
老有所养不攀比，兴趣爱好多交际。
助人为乐多行善，心中无愧益寿年。
老俩碰磕常有事，不要麦芒对针尖。
让他三分风浪静，退步一笑泯恩怨。

春暖花开

久雨喜云开，料峭春日寒。
庭院春光好，花随春意放。
海棠争吐艳，茶花美娇容。
斜阳已落西，余晖映江红。
牧妇执杖坐，草嫩羊忘归。

清明祭祖

冬去春来又清明，武义深林祭祖坟。
来往路人不相识，只晓墓茔汤祖人。
问我侬是哪路银，阿讲阿侬金华银。
墓冢前摆猪头鹅，香火缭绕鞭炮响。
汤始祖有帝王相，民国恩伯是上将。
曾经将相今何在？祖冢上头白云望。

缸窑表叔

表叔九十三，骑车雅畈转。
耳背脑灵光，老伴走得早。
儿孙另有家，生活能自理。
吃饭有食堂，营养也不赖。
知足自寿高，见人笑哈哈。

德天瀑布

断崖落瀑布，犹似银河倾。
气势磅礴滔，声似万马哮。
对瀑百丈挂，惊涛归春河。
山清水秀美，多瀑更陶醉。
中越两国跨，隔河遥相望。
兄弟不阋墙，四海自清平。

越南芽庄游

越南芽庄游，感慨心激昂。
碧海浪波动，吾心更激荡。
中越两相邻，南海水相连。
兄弟友谊深，何惧他人欺。
西方磨刀霍，家门巍然屹。
天下若有道，太平民安生。

家乡秋色

沿江休闲道，一路赏景回。

秋实橘子黄，睹之如望梅。

绿洲牛嗜草，白鹭依相栖。

芦花微风摆，绿树遮日阴。

秋燥水流浅，坐钓在江中。

走累有驿站，相逢在路亭。

今日天气佳，悠然动游兴。

道静无人还，树阴有鸟鸣。

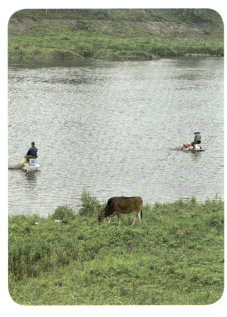

美国小东发来红叶树照片

已凉天气未寒时，
满树红叶慰乡思。
大洋彼岸亲情暖，
我在故乡念旧诗。

游雅畈上岭殿杜鹃花王国

宅靠青山近花国，春暖时节宜赋诗。
花紫蕊黄映红日，引来蜂蝶绕东池。
青山松涛连天碧，和风送暖鸟清音。
疫情闭门足不出，世外已是桃源春。
家有父亲才情高，诗情画意多风雅。
母亲靓丽常出镜，比翼自然成美景。

——景萍敬上

杜鹃花王国游

近山向阳花早开，三月花事满山坡。
叩开杜鹃王国门，要与蜜蜂共游春。
青山绿树看不尽，花径香溢在额头。
姹紫嫣红遍地金，胜似瑶池把人留。
山湖清澈如明镜，照见老汉望山楼。
诗意如山难言表，要请相机来帮忙。

深山茶园

春山一路鸟空啼，烟雾蒙胧雨若无。
幽谷深处一片绿，梯形茶园几千重。
春寒茶芽迟迟露，谷前新茶抵万金。
一杯香茗啜口品，涤荡块磊心神宁。

重忆当年春忙

池塘蛙咽咽，枝头鸟脆音。
鸡鸣报晓起，抹眼匆下地。
老牛翻绿草，立夏赶插秧。
麦黄油菜老，收割叠成山。
大蚕已眠醒，摘桑枝头顶。
农家四季忙，饱食暖衣足。
早岁世事艰，只愿饭菜香。
思旧成梦境，后人当笑谈。

武义江畔散步

夕阳无限好，何须惆怅伤。
闲逸江边走，落日余晖长。
沿江草绿茵，村镇桥相连。
晚景更灿烂，情佳忘了年。

退居田园

岁月如梭临古稀，淡泊宁静渡桑榆。
晨起劲步五六里，迎着日升深呼吸。
种种瓜果及蔬菜，污毒不染吃放心。
打捞浮萍摘野菜，喂鸡养鸭产蛋快。
门前庭后花香袭，陶冶情操滋养性。
看书阅报学写作，难登大雅自娱乐。
人生谁说无烦事，愿效弥陀宽容心。

雅畈古镇

古镇旧院犹在目，今朝焕新锦添花。
老蚌生珠放异彩，狂舞太极忘年高。

夏月赏荷

夏月正当赏荷月，荷花红艳叶似黛。

千朵红莲万方水，一弯明月半亭风。

时雨润叶珠欲滴，凭栏观荷心神松。

荷花香溢引蜂来，蜻蜓产卵点水中。

退休老人重阳活动

秋高气爽丹桂香，同事越乡庆重阳。

九曲回肠上飞瀑，童心未泯登高望。

大佛寺前拜弥佛，愿佛保佑吾安康。

夕阳桑榆无限好，今朝相聚乐无前。

山游

向阳南山春来早，杜鹃红缀青山娆。
曲径泉流叮咚响，岭上丛林鸟唱歌。
风飘竹摇似海波，幽谷气息沁心舒。
雨后春笋破土出，我儿事业节节高。

在那桃花盛开的地方

春光暖风拂脸庞
驱车流连在施光南的故乡
在那桃花盛开的地方
汽车长龙接天际
十里山坡桃花海
老骥志在陡路直上
亲友扶吾徒步看
春色桃花尽赏

荷塘美

予独爱荷花，荷塘美色多。
花开皆奇丽，清幽真宜人。

门前河边美景

饭后信步在河边，树荫芳草景美艳。
重把青山绿水建，新农村里乐开颜。

农人农时

春时播种育稻秧，春寒料峭薄漠盖。
清明翻耕牛加鞭，水田产卵蛙声咽。
立夏插秧已成片，芒种催耕啭黄鹂。
农人最怕忘农时，食为民天须牢记。

观景德镇陶瓷有感

景德陶瓷享美名，千年文化永流传。
老匠创作多新意，绘瓷身手皆不凡。
画虎毛发丝清晰，绘马疾蹄似扬尘。
泥粘釉彩窑火青，道道工序夺天工。

感悟

光阴仿佛一瞬间，同学情谊永挂牵。
翻开相册忆当年，心潮澎湃慨万千。
初次相聚孟宅家，不道姓名相识难。
六十年前青葱月，不觉弯月上柳梢。
如今个个满头雪，感叹人生如露朝。
无法挽留岁月痕，无法抚平额皱纹。
人间自有真情在，情景交集又十年。
哀伤有的阴阳隔，物是人非事事休。
难忘故人化鹤去，长空遥望泪泫然。
悬念同学疾病苦，珍惜生命早复康。
每逢相聚心情畅，语声笑声屋荡漾。
春风满面挤一堂，觥筹交错酣耳热。
年年组织旅游行，舒心满心更开心。
岁月如歌接尾声，老来犹有童趣心。
荣华富贵过眼云，淡泊人生才是真。
无论环境如何变，我们友情如既往。
无论岁月何变迁，我们感情如当年。
无论年岁有多大，行动方便定相聚。

过年

小孩盼过年，囊涩生活艰。
半夜排长龙，喜买打猪头。
除夕猪头煮，肉香飘满屋。
孩子馋涎滴，其肉要待客。
兄弟啃骨头，满嘴油渍渍。
平安才是福，家贫快乐多。

砍柴

披星出门南山中，脚穿草履衣衫单。
足冻身颤脸刺骨，采薪图得熬米汤。
披荆斩棘满手血，捆起柴禾日挂西。
人困口渴饥肠辘，掬起凉水冷饭吞。
肩肿风逆步履艰，戴月归家身已疲。

种双季晚稻
——忆 20 世纪 60 年代农民生活

赤日炎炎栽稻秧，躬身马步手分香。
背烤脚烫蚂蝗咬，汗流血淌似酒榨。
你追我赶气喘急，退步就是行前方。
追到田沿腰背酸，抬头见绿心欢喜。

流金岁月铸辉煌

美好季节收获多，稻黍沿叠人欢喜。
洗尽铅华精神在，又是丰收好年景。
庆典隆重布局好，润物无声员工勤。
汗水渗透在衣襟，辉煌始于杭州城。
海口药谷传美名，广西维威爱民生。
三亚群贤喜相聚，企业文化如酒温。
冬藏春播巧规划，美好明天靠运筹。
东风化雨征程远，同志齐心事业兴。

家的菜园

种瓜应得瓜，瓜蔓满地爬。
瓜熟蒂自落，味鲜且环保。
种豆应得豆，汗水得酬报。
豆角营养丰，香鲜味可口。
夏日荷叶展，犹如擎雨盖。
待到八月时，鲜藕出泥淤。
玉米长势壮，禾腰吐胡须。
施用有机肥，甜糯味自佳。
蕃茄结青果，辛勤汗水浇。
不日果熟红，营养价值高。
青藤延竹架，花谢已成瓜。
不用激素催，甜香人人夸。

高温炎热

高温持续二十天，炎热灼得人憔悴。
天降纳沙和海棠，迎来喜雨精神爽。

看电视剧《朱元璋传奇》有感

明初军师刘伯温，平定天下多智谋。
朝中权力勾心斗，为官为吏梦亦愁。
自称年老不中用，买头黄牛搭间铺。
僻乡傍山林泉涧，能诗能歌赛神仙。

躬耕的收获

躬耕田园里，喜从眉梢展。
荷风送香气，玉米穗吐须。
蕃茄满枝头，丝瓜架下挂。
南瓜熟蒂落，豆荚饱鼓鼓。
芋艿长势旺，花生绿油油。
一片丰收景，喜悦荡心中。
田野无喧哗，鸟鸣伴尔行。
农夫心淳朴，淡泊无世争。

龙卷风

夏日荷正茂，昨晚狂风卷。
叶残枝折断，惋惜又伤感。
卷裤下水挖，鲜藕已饱满。
嫩藕煮排骨，藕糯又香甜。
窗外鸟清音，晨曦下地忙。
人勤地不闲，瓜豆绿满园。
有机复环保，营养又安全。
天天动筋骨，心悦身健康。

秋老虎

漫长暑热似火烤，渴望秋风送凉爽。
岂知秋虎肆威孽，身居幽室不敢出。
与时俱进赶时兴，点点划划转微信。
非恐年迈人无聊，晚霞近山也美好。

白露

高温持续二月余，搅得心乱意厌烦。
今日气温直转下，天凉气爽心情悦。
应时应节白露日，送上温馨祝福你。
崭露头角事如意，一帆风顺心安宁。

雨后荷塘

雨后荷花塘，莹球滴沙响。
荷叶绿且翠，莲花鲜又艳。
白鹭轻盈栖，青蛙呱呱唱。
一幅荷塘画，陶醉迷人赏。

菱角

远望池塘绿水萍，
近看原是水角菱。
叶子片片似龙鳞，
叶柄鼓囊鱼漂影。
其果两头尖有棱，
秋食其果香又甜。
我爱菱角多滋味，
黑皮包裹洁白身。

喜闻泉泉上北大

梅花香自冰雪寒，皇天不负苦读人。
不忘师恩常教诲，不忘双亲期望殷。

话秋天

北风秋雨凉，人怡心神爽。
草木叶卷黄，橘熟桂花香。
荷叶枝虽残，莲藕却精壮。
秋来硕果多，穗沉豆角鼓。

双节同庆

中秋月圆明又亮，秋桂飘溢扑鼻香。
共庆华诞六十八，军强国富民小康。
安居乐业太平世，欣欣向荣新气象。
歌舞升平赞祖国，高歌颂恩共产党。

同学会痛悼王寅芳

寅芳突心梗，人生难料及。
同学情意切，难舍痛永别。
阴阳两相隔，悲痛摧心肝。
相忆昔日情，泪淌满衣襟。
魂飘骨已灰，音容宛在兹。
青山伴翠柏，黄土盖忠心。
山花烂漫时，友亲齐祭悼。

秋天朋友相聚

年年岁岁度金秋，金秋气爽人亲和。
十月硕果金桂香，丰收景象喜气洋。
少小别离今相聚，久别重逢见恨晚。
人间沧桑几度春，转眼之间鬓毛斑。
相约交流话当年，不敢再言伤心事。
忠孝自古难两全，胸襟坦荡过此生。
天有阴晴月圆缺，悲欢离合人间情。
有容乃大心胸宽，安抚心绪气血平。
钱多钱少身外物，心身健康才是福。
孙辈绕膝吾愿足，珍惜桑榆好时光。
日出东方落西方，乐游原上夕阳红。

冬至祭父母

冬至夜梦长，先人魂牵挂。
余生不逢时，日寇入中华。
慈母三十六，深受细菌害。
落下六苦瓜，泪水泡长大。
老父育六孩，其苦不堪言。
病重气哮喘，享年六十三。
相忆父母容，无影倍遗憾。
梦醒一身汗，泪湿巾头寒。

邻居篇

一

营造环境良气氛，和谐温情左右邻。
抬头不见低头见，远亲不如近邻亲。
多说对方优和长，不揭他人坏和短。
良言一句三冬暖，恶语伤人六月寒。
礼尚往来是美德，待人谦让高品格。
安徽桐城六尺巷，清代张英美名扬。
千里来书只为墙，让他三尺又何妨。
万里长城今犹在，不见当年秦始皇。
人生贵在胸开阔，大度为怀不迷茫。

二

鲲鹏万里旭日志，清风景明白云间。
江南栖居天上月，鸾凤鼎耀知我心。

三

恬淡和明志，美丽好修为。
春日可灿烂，盛景满庭院。
菩提清风拂，执子手相牵。
时间是果实，暨越累全世。
大海比邻居，共享繁华锦。

养生篇

一

秋风衰草话夕阳，春秋晚霞分外妍。
花开纵有千日红，人生谁无白头年。
莫道桑榆黄昏日，人生浮华烟云飘。
日出东海落西天，快乐一天赚一天。

二

人生百岁不是梦，胸怀宽广寿自高。
作息有序心态好，灵丹妙药还是笑。
饮食习惯要清淡，心血管病风险小。
运动天天要坚持，改善血糖降血脂。
淡泊身心免疫剂，心静胜服不老丹。
心胸开朗不计较，从早到晚莫烦恼。
闲看庭前花开落，漫步天外云卷舒。
天天有个好心情，便是人间快乐人。
人生三事不能等，慈爱宽容和奉献。
心病还须心药医，心药要向心里寻。
慈爱好心正气药，宽容孝顺开心丸。

一天三笑颜开俏，七八分饱人不老。

钱财本是身外物，晚年享受不吝啬。

天生我材必有用，千金散尽还复来。

三

你若不计名和利，事事顺心会如意。

你若心情想愉快，同学朋友常联系。

你若身体要健康，心情开朗胸怀宽。

你若快乐和知足，生活越过越舒服。

腊月飞雪

腊月寒冬降大雪，飘飘飞舞似棉絮。
织成白毯盖天地，银装素裹无瑕迹。
日出冰柱挂满枝，玲珑剔透晶莹美。
农夫盼来丰收年，孩子喜迎新春节。

人间有爱

老牛有舐犊之爱，羔羊有跪乳之情。
人间皆有情与爱，世界美好日月新。

斯坦利公园加拿大广场

跨境温哥华，迎来漫天雪。
登上观景塔，全览温哥城。
老街蒸汽钟，按时会打点。
斯坦利公园，沿海绕小径。
遮天蔽日林，城园融一体。

维多利亚岛

维多利亚岛，著称花园地。
太平泽围绕，布札特花园。
其景美不胜，花艳更添色。
渔人码头上，渔船如棋布。
游人尝海鲜，鱼蟹任你选。
海上赏风光，浪漫生活享。

游汤溪九峰山

谷天雨声淅沥，深山茶园绿茵。
幼芽吐露晶莹，斑斑层层天梯。

游嵝石深山

崇山峻岭路蜿蜒，峰回路转似上天。
层林重叠翠绿染，绝壁对崎悬崖峭。
山重水复疑无路，雕梁画栋现古村。
小桥流水波涟漪，休闲小亭观风景。
宛如来到神仙地，山外游客赞不停。

群心相印

党的富民深入人心，青山绿水不忘初心。
美丽乡村齐下决心，环境优美愉悦人心。
礼貌友善皆有爱心，善待老人具有孝心。
党群关系以心换心，用心良苦甚得民心。

丹青大学毕业告别母校

四载同窗友，一朝挥泪别。
师恩当永铭，同学情谊深。
相约再见日，他年梦圆时。
丹心书汗青，奋发莫疑迟。

忆六十年代收麦

麦子未曾干，接饥石磨面。
揣面倚门端，面烫浑身汗。
手摇麦秆扇，驱蚊又挥汗。
饥荒不惧烫，面净汤也干。

重温六十年代的芒种时节

今又芒种节，重温五十年。
双抢逢雨季，披星戴月忙。
晴日赶收麦，雨天忙插秧。
拔秧蛙作伴，力疲泥满身。
公社派员来，斥责种密植。
水稻超季节，训斥塞秧根。
可怜农人苦，日夜不停歇。
余粮要上交，家中难接荒。

海口

北方已寒风凛冽，南方未冷日暖和。
沐浴椰林公园里，倚浪傍海弄浪头。
倘徉林荫绿道中，宛如置身在桃园。
榕树错根又盘节，椰林好比水泥柱。
美蕉犹似孔雀屏，三角梅争芳斗艳。
奇花异木俱婆娑，目不暇接美不收。

祖国赞

长寿之方天天开心
身体健康淡薄明心
为国为民无愧于心
明天更好党群齐心

六十年前农中会

同窗别后六十载，历史长河一瞬间。
回首当年半耕读，是苦是酸又是甜。
学校生活虽清苦，忆旧也觉颇幸福。
上王村里作校园，折门捣板当课桌。
三餐皆为蒸红薯，住的乃是漏雨屋。
上面指示试验田，深翻三尺还嫌浅。
麦苗移栽鲜人知，水稻一畈拼一块。
收时倒伏全是秕，形式主义费思量。
沧海桑田时代变，同窗情缘如初见。
含饴弄孙心舒宽，陶冶情操颐天年。

双龙洞游感

洞顶双龙藏若虚，凉风迎客满身舒。
屏息卧舟入洞天，惊心动魄撩鼻尖。
琳琅满目钟乳石，滴滴水落衣衫湿。
渐入佳境觉梦幻，嶙峋怪石凭猜测。
忽闻瀑声似马鸣，水雾缭绕瀑千尺。
攀登石阶又见天，双龙大名天下知。

武义江畔

毒阳已落西，火光冲天际。
江水似染缸，水天红相依。

秋老虎肆虐

一

秋热宛如虎，百草皆干枯。
阳光倍炽热，树叶黄复卷。
蝉噪意更烦，斑鸠却哑然。
幽室有空调，思烦难心安。
重忆年轻时，顿着不堪言。
炎热忙双抢，水田种晚季。
脚烫蚂蟥咬，背烤发泡灼。
披星戴月归，汗水满身滴。

二

漫长暑天实难熬，渴求金风送凉爽。
岂知秋虎肆威孽，深坐幽室不敢出。
与时俱进上网络，点点划划看新闻。
悠闲自得找乐子，虚拟世界觅阴凉。

武义江畔

久雨喜云开，料峭春还寒。
海棠花吐艳，茶花娇容美。
日落江半红，云飞树影重。
请看钓鱼者，篓满喜得归。

家乡初秋

清江半秋色，落日满彩晖。
江波映红漪，乡桥情相接。
沿江绿草茵，飞鹭与牛依。
漫步江堤上，一步一风景。

祖国赞

朋友加学友，估有七八十。
须眉皆斑白，精神仍充实。
常常相约聚，一同找乐子。
闻喜得笑颜，儿孙最牵挂。
酒酣茶饭后，畅言不拘束。
家事天下事，天南海北聊。
白驹过隙间，改革四十年。
天翻地覆变，旧貌换新颜。

春节在海口

己亥春已临，吉猪入我门。
大海是我邻，海浪拍我床。
椰风拂我面，凉风舒我心。
汤家四世堂，齐齐新年聚。
欢乐喜相逢，但留小遗憾。
小孙负笈远，三人伴彼岸。

南山挖笋

春雨润万物，竹林呈百祥。
新笋破新泥，来报岁平安。

海口海岸

北方初解冻，南岛暖如春。
海风拂椰树，竞开黄金花。
碧海蓝天景，浩瀚满胸襟。
异乡念友人，归心犹似箭。

乡村赞

旭日临门早，花开满户春。
喜鹊唱枝头，檐下燕筑巢。
田园似花圃，斑斑犹是锦。
大桥接城乡，电网连八方。
人在画卷中，农人颂党恩。

塔山观油菜花

高山不胜寒，菜花迟迟开。
登高观花展，年迈气急喘。
盘山坡道转，山坡黄艳艳。
菜花层层叠，斑斓似画卷。

安地挖笋

春雨润万物，竹笋向天出。
破土见世界，丹心照日红。
雪压竹头低，竹尖欲沾泥。
晴空风逍遥，竹梢比天齐。
高洁自浩然，青翠似史书。
坚韧不拔志，见笋知我心。

雅畈杜鹃花王国

近山向阳花早开，三月山坡皆烂漫。
杜鹃花园门前景，捷足先登饱眼福。
春山一路鸟啼声，花径香气引蜂蝶。
杜鹃红绿黄相间，胜似瑶池在人间。
山湖清澈蓝可鉴，宛如宝石嵌其间。
似诗如画难忘返，手机拍照忙不停。

春光水凫

春光入大塘，塘中荷叶尖。
荷枝鸟作窝，孵出小小凫。
日暖水中荡，悠悠跟母曳。
天伦乐无穷，万物理相同。

相约南山端头志成家

夏日友相邀，楼居山坡上。

后檐花果山，前庭花芬芳。

栽有四季果，时令桃红熟。

馋欲垂涎滴，老友攀枝摘。

口甜心更爽，乐极忘了疲。

遍地是草药，小恙不求医。

荫下蜂巢箱，蜜蜂进出忙。

蜜熟先自享，赛过活神仙。

老朋友盛夏相聚四季煲庄

光阴荏苒逝，年皆已望八。
相聚何惧热，精神却焕发。
盛夏吃煲庄，口辣心也热。
笑谈言甚欢，开心忘年老。
虽是两鬓白，打工挣二百。
非为赚钱花，劳动舒筋骨。
举杯忆当年，往事忽如烟。
相聚多欢笑，友是不老丹。

种双季稻

夏日种双季，身颤心余悸。
水田冒蒸气，脚浸烫水泡。
一字人排开，手分扎秧苗。
忍受蚂蝗吸，吸饱自然脱。
背烤毒太阳，浑身衣汗浸。
追赶难松劲，退步是前行。
气喘退田沿，背酸心力瘁。
排作成绿营，愿盼口粮分。

贺胡嘉凯被中国航空大学录取

喜鹊飞来登高枝，
嘉言诵读捷报词。
雄鹰展翅翔万里，
凯歌高奏还乡时。

老友赞

老友已望八，体健劲头高。
白发染黑发，谎称六十八。
打工挣二百，起早不怕累。
说话也幽默，口快心也直。

六十年代的农民

出工哨声响，匆匆村集中。
公社下任务，人齐田头奔。
梅雨刚结束，稻谷已伏倒。
苍天不留情，抢收不容缓。
稻割齐刷刷，脱粒机脚踏。
汗水如雨注，脊膊短裤湿。
赤日已当午，精疲力已尽。
肩担谷满筐，饥肠咕咕响。

拔稻秧

鸡鸣晨星起，露珠湿裤脚。
摸黑秧田行，耳伴蛙虫鸣。
拔秧洗秧声，寂静早晨曲。
东方已露白，束束秧排行。
腰酸背疼时，插种才开始。

为杭州亚运会倒计时喝彩

体育场馆显气魄，文艺汇演多节目。
雅畈团队年古稀，老蚌生珠翩起舞。
少年拉丁舞姿美，武舞结合夺目来。
为迎杭州亚运会，金华人人献风采。

海涛依旧

椰风习习生，海浪拍岸至。
南国四季春，家和兴万事。

武义江畔

碧江绿草茵，山羊白鹭依。
蔚蓝衬洁白，风景此地异。
一桥二地接，三乡四路通。
白鹭江中舞，山乡乐无穷。

赠钟道晨胡嘉铭喜结良缘

钟情成佳偶，古月花添色。
道义护娇妻，铭刻不变心。
嘉许君郎爱，晨兴双燕飞。
永谐佳伉俪，久结喜良缘。

第二土特产公司退休人员
欢度重阳节

登高踏秋上双龙，二土退职度重阳。
岁月流淌驹过隙，转眼已是两鬓霜。
相遇相见不相识，重聚情畅未尽言。
盼望大家都健康，来年相聚庆重阳。

家乡秋日

秋色吟诗千万首，秋日出游赏山青。
沿江筑起休闲道，胜步犹如进桃源。
芦苇桑绿成秋色，廊道木蓉姿艳芳。
斜阳映江出彩虹，秋燥江低捕鱼虾。

广西南宁旅行有感

巴马人寿村，慕名来求经。
老婆背竹篓，溪坑采野菜。
上山挖山菇，心悠无牵挂。
德者胸襟宽，仁者心地善。
与世若无争，福寿自然增。

巴马水晶宫

车行山道逶迤转，重山叠叠显洞天。
深入洞中似梦幻，晶莹剔透千姿态。
疑似神工鬼斧凿，形象感悟凭你猜。
灯光衬托出五彩，宛如仙女万花散。
冰川玉洁屏风画，琳琅满目珠帘挂。
钟乳结晶顶天柱，酷似山瀑泻千里。

第二土特产公司退休员工来家相聚

秋冬已凉天未寒，二度桂花重飘香。

瓜果丰收满箩筐，红木绿苗心欢畅。

喜迎同事来做客，老友相逢尽开颜。

何惧两鬓现白霜，童心未泯自青春。

椰岛风光

一

椰岛温暖如春天，碧海蓝天日日新。
风光旖旎难尽看，身旁海韵真怡人。
抬头望海海无垠，帆船犹如一片叶。
浪涛拍岸似问候，海阔天空心光明。
轻纱短袖海堤黄，天蓝水蓝心神广。
祖孙沐浴在海滩，卷裤涉水捉贝蟹。

二

椰园椰风习习，椰林如柱排立。
果汁滋润甘甜，香蕉串串叠叠。
榕树错根盘节，须根丝丝钻地。
老人于此聚集，闲聊候鸟栖息。

五八年割资本主义尾巴

寒辛养只鸡，累积一篮蛋。

卖掉换油盐，老汉半夜起。

踏霜步十里，临城东方微。

躲避大桥下，唯恐被人觉。

不料终暴露，鸡蛋真无辜。

老汉性格爆，鸡蛋往地摔。

阶级斗争抓，电话公社传。

老汉三代贫，只好放回家。

（诗中老汉王奶仪乃孟宅村人）

金华种兔场别后三十年相聚

岁月似流水，离别三十载。
昔日窈窕女，今朝已徐娘。
相遇不敢识，貌变音依然。
相逢恨太晚，话长叨不绝。
感怀种兔场，似苦也是甜。
情深意切切，喜悦眼泪含。
依依难惜别，相机留笑颜。
愿祝家和谐，体健保平安。
彼此留微信，相约在翌年。

迎二〇二〇年新年

人生沧桑驹过隙，对镜已老自难辨。
两鬓染霜脸纵横，屈指一算八十三。
岁月流逝莫悲伤，又是新年好时光。
伤心往事俱忘却，心底无私天地宽。

为武汉抗疫加油

亥去子刚来，一场突发灾。
武汉流疫瘴，牵动国人怀。
领导总动员，群英皆驰援。
医者不畏难，偏向虎山行。
隔离严防患，生命重千金。
一方若有难，八方来支援。

为抗击疫情呐喊

疫情如战情，老朽却无能。
卧居在斗室，揪心看新闻。
疫情肆虐狂，风声鹤唳惨。
心焚忧忡忡，何时能解难。
悲喜又交集，悲在增病例。
喜得党领导，八方来增援。
铮骨铁军上，白衣天使傲。
村村坚守防，城城隔离查。
待到春暖时，捷报定频传。
门庭拍春暖，神话万户春。

为抗击疫情战士喝彩

疫情仍严峻，老叟心如焚。

聊表抒发情，提笔即忘字。

写词不达意，手拙脑也愚。

肺腑皆真言，呼之文不出。

国难党领头，奋起全军民。

人命重千金，千金难挽命。

全民凝聚心，共渡危难期。

白衣天使出，舍身救人命。

事迹诚可泣，泪湿吾衣襟。

院士老弥坚，不畏北风寒。

南山不老松，兰花更娟秀。

扁鹊似再世，华佗又重生。

科技更创新，神山造医院。

似乎神话奇，十天造千床。

设施皆科技，燃眉急得解。

方舱医院建，疫魔无处遁。

雨过又天晴，人间又升平。

廊下庭院花盛开

倚门一杯云雾茶，品尝观赏廊下花。
茶花梅花各争妍，姹紫嫣红姿态千。
海棠幽香沁心腑，红梅香自冰雪寒。
傲骨铮铮何畏冷，梅为春首绽新颜。
瞬间摄下庭院景，微信传友共欣赏。
一场战役胜可待，仍需严防不松懈。

春回大地

春回大地处处景，莺歌燕舞雁北归。
河岸垂柳千丝拂，白鹭池塘鱼虾肥。
片片苗木红绿斑，宛如幅幅版画图。
满园茶花齐争妍，各展姿色展妖艳。
海棠花开迎春美，梅花盛开在君前。

雅畈车坞神农山游

南山向阳春来早，花缀青山景妖娆。
杜鹃争相来吐艳，春风染红漫山花。
山高石峻鬼斧工，移步登山忽忘年。
鸟瞰山谷明湖镜，宛如宝石镶嵌间。
青松翠竹鸟啼声，湖清水碧见鱼游。
疫情过后心放宽，近山一游精神怡。

春天赞

春回大地气象新，池塘湖畔杨柳青。
桃花盛开鸟作歌，江水清澈草绿茵。
田野苗木色斑斑，辛勤汗水遍地金。
疫战荆州班师归，中华崛起扬美名。

春意浓俏

花香满园春意浓，杜鹃齐放多紫红。
树茂鸟藏在林中，竹报平安送疫终。

春雨鸟图

春寒料峭日，细雨绵绵时。
嫩芽吐珠玉，寒鸟归巢迟。
云开白雾散，远山如在前。
叽喳叽喳叫，呼朋来觅食。

南山瑞头游

四月暖风遍地绿，南山南麓农家乐。
院前盛开四季花，后山长满五香果。
枇杷桃子结幼果，投足之间见草药。
蜜蜂嗡嗡采花忙，只为他人付辛劳。

种双季晚稻

赤日炎炎栽稻秧，躬身马步手分香。
背烤脚烫蚂蝗咬，汗淌血流似酒榨。
你追我赶气急喘，退步就是行前方。
追到田埂腰背酸，布下绿营丰收望。

悼念方正晴同学

君驾鹤西去，学兄泪满襟。
阴阳两相隔，悲摧肠欲裂。
学弟性刚强，力挽狂澜歌。
宁折不弯腰，正气令人敬。
一生光磊落，公理是非直。
老伴相依命，病痛不离弃。
儿女已尽孝，报以舐犊情。
子孙遵照嘱，瞑目无牵挂。
君魂飘然升，音容宛在心。
青山陪松柏，幽静伴鸟音。

话邻村王小饶老人

老翁年长九十五，手把电车头戴笠。
精神焕发市场兜，眉开眼笑乐开颜。
一马当先似当年，保家卫国赶前线。
解放洞头立头功，部队转战有五年。
谁知当兵生活艰，换来全国百姓安。
国家不忘有功人，享受保险度天年。

居家燕南归（其一）

家居门南开，紫燕择台栖。
衔泥筑暖巢，风雨无我阻。

居家燕南归（其二）

居家门南开，紫燕寻旧识。
衔泥筑巢台，飞舞忙不息。
产蛋孵六雏，黄口嗷嗷开。
双燕觅小虫，一刻不缓怠。
渐长羽翼丰，各自东南飞。
雌雄回空巢，悲声空啼哀。

父亲节老人颂

九旬老人畅游海，手竖拇指堪称能。
老叔屈指九十三，骑车镇市到处悠。
王叔届时九十五，眉开眼笑寻开心。
北山老翁九十几，天天挑篮卖鸡蛋。
吃的食堂粗淡饭，谦卑幽默乐呵呵。
敢问老翁何长寿，豁达宽容自在身。

老友相聚

朋友加学友，年长七八十。
须眉皆斑白，精神亦充实。
常常相聚约，开心找找乐。
酒酩茶饭后，畅言不拘束。
家事国家事，天南海北聊。
相忆当年事，历经沧桑苦。
天灾加人祸，不堪苦回首。
白驹过隙间，山河多锦绣。

家乡之美

窗外鸟清音，晨曦唤我起。
神清气自爽，村头觅诗情。

盛夏喻斯纳凉

竹翠古树苍，楼高逼云端。
山转现雨亭，一湖鱼撒欢。

晨步缸窑滩摄写

居家沿江武义畔，昔日洪水年年灾。
今朝治理胜花园，水清洲绿鸟欢鸣。
白鹭无忧漫天舞，修池养鱼堤栽果。
沿江育林绿成荫，沿堤胜步舒心景。

秋日如虎

秋日宛如虎，高温似油锅。
百鸟齐哑然，徒留蝉鸣声。
草枯禾叶卷，家鸡树下躲。
农人忧苗枯，挥汗引水灌。

维多利亚港

维多利亚岛，堪称是花园。
太平洋围绕，美加国相邻。
渔船码头栖，海鲜醉老翁。
布查特花园，人在烟霞中。

老友相聚

老友常相聚，情深意切切。
鬓发虽斑白，忘年皆八十。

找找快乐

广厦千间，夜宿八尺。
所求不奢，多找快乐。

老来乐

人生忽如寄，悠悠岁月过。
劳累一辈子，老来有闲余。
生活如明镜，你笑他也笑。
你哭他也哭，何须找烦恼。

中秋国庆颂

中秋乃佳期，万古留至今。
国庆加中秋，双节当长庆。
儿孙共此时，曾女绕膝戏。
蹉跎一生过，喜作黄昏颂。

秋天的家园生活

秋风习习生，凉飒夺炎热。
门前四季花，后檐桂树林。
后院养鸡鸭，蛋生满竹筐。
荷锄种蔬菜，菜绿油然嫩。

东阳横店

能工巧匠出东阳，凿刻雕塑如有神。
造就横店影视城，闻名世界引游人。

汪家水库钓鱼赛

秋水鱼儿肥，垂钓最佳期。
千人有此爱，四方奔婺城。
水库如战场，一字摆布阵。
静观浮漂沉，鱼重竿似弓。

横店影视城

华夏影视第一城，移建圆明气势雄。
放眼秦宫真宏伟，上河图名冠江东。

赠老友

六十年前同窗友，年年相聚分外亲。
相逢恨短言无尽，愉悦之情忘年纪。

再游三亚

世外桃源，天各一方。
浩瀚大海，波涛接天。
沧海一舟，时隐时现。
银沙细软，海滩戏玩。
白浪冲刷，惊喜不断。
裤边打湿，喜跃若狂。

金陵之旅

千级台瞻中山陵，天下为公云从龙。
枫红杏黄松柏挺，钟灵毓秀伴英雄。
雨花台耸烈士碑，登拜先烈永铭心。
阅江楼上俯全城，长江大桥添诗兴。

海口海堤

海浪涛涛拍岸声，椰风习习拂面来。
轻纱薄裘沿堤观，胸宽心怡方知福。

冬至寄思

南国不知冬，忽梦故人踪。
恍然是冬至，他乡寄哀思。
默向北方祭，祖恩难以报。
遵训守教导，要做厚德人。

海内存知己

海内存知己，天涯若比邻。
沉香犹为茶，顷刻幽香沁。
闲谈可抚掌，莫出伤国言。
琼岛犹桃源，后福偿夙愿。

海口

徜徉在海岸堤上，任惊天骇浪。

风轻云淡愁恨消失，心胸坦荡。

坐望海天无限，渔船穿梭随波逐浪。

撒网捕鱼，冒暗流汹涌之险。

渔网累累，喜于言表。

海浪一波接一波，泛起片片浪花。

海水浸泡礁石，时隐时现，暴露牡蛎附石。

道道风景用心赏，何须惆怅。

海口感怀

时光如白驹，一晃已满月。
牵挂老乡情，返乡意切切。
谁知恩爱重，儿媳待似宾。
饱食海珍味，温泉泡奢侈。
留我过腊冬，离别迭相恋。
儿孙予我福，我生更珍惜。

琼海风光

南岛风光旖旎，亚热带树盛林茂。

椰树榕树槟榔棕榈树，处处皆是。

大榕树错根盘结，其叶似挣开翅膀如鸟欲试飞。

果汁甘甜可爽，三角梅红红火火，浮水睡莲含苞待放。

宝地哺育了海瑞忠良，宦海沉冤苏东坡带来书香。

海岛让你沉迷。

元宵湖海塘夜景

湖色春光夜，祥光满月辉。
百姓载歌舞，万民共庆春。

阳春三月

阳春三月，一派生机。
乡里农家，蔬果尝鲜。
其乐不可支，家门前庭院。
四季有花赏，茶花气大方。
海棠花红嫣，白兰吐幽香。
梦中香袭鼻，倚门品茶香。
悠悠静观赏，神怡又心旷。
劳烦老太婆，用水勤浇灌。

闲步田野

闲步田野上，苗木齐争艳。
五彩斑斓缀，人犹在画中。
徜徉在河岸，绿树影婆娑。
绿草铺盖地，枝头鸟清唱。

武义岭下

清明时节春风暖，缅怀祖先祭拜念。
始祖宋代默庵公，弃官行医救扶伤。
百余石阶入墓地，山林翠竹谷幽雅。
背靠枣石卫其后，面向前山石筍耸。
秀气灵钟山环绕，宝地保佑众子孙。
一抔黄土盖忠骨，三根清香昂忠魂。
汤氏代代出名士，华夏文明一脉承。

花田小镇

春拂芳草地，武义花田镇。
胜景美佳境，游人多如织。
芳草花红蓝，五色自斑斓。
花有清香溢，香引蜂蝶忙。
樱花满树白，晶莹妆素雅，
山黛红枫衬，其景更鲜目。
远眺山茶园，层层似豹纹，
花团锦簇园，驻足看不厌。

南山挖笋

沿绕仙人湖，九曲逶迤道。
边陲深山林，翠竹苍茫茫。
竹头透日射，微风影婆娑。
春雷惊后笋，破土往上钻。
挖笋颇勤辛，此乐令心宽。

杜鹃盛开

待到山花烂漫时，山坡杜鹃又盛开。
明媚芳香花气袭，陶醉如痴游仙境。
自古红颜多薄命，黛玉葬花怜花落。
花香鲜妍能几时，人生如梦似镜花。

游车坞山坡

城市太喧哗，遁出污尘染。
春山绿水行，崇山峻岭上。
树茂郁葱葱，清风拂人面。
拟把长城筑，石阶几千级。
老童不引退，志高登顶峰。

庭院四季花

宠辱不惊闲看花，花开花落随它意。
芳菲花园看蜂忙，慢观天外云展舒。
一杯香茗品人生，赏花养性趣无穷。
老伴爱花若花痴，栽花洒水乐不疲。

年岁临门

人居溪河边，水清心亦闲。
溪滩芳草萋，春光添景色。
牛欢丛叶跃，草发鱼更肥。
抬手摄风景，谁添牧牛曲。

夕阳颂

岁月不让你停留，夕阳虽美何几多。
人生得意须尽欢，暮年方来学诗摄。
自娱自乐求欢愉，抒发雅趣心情怡。
闲听音乐赏婺剧，悠扬声调如仙曲。

农家乐

四月初夏花已残，檐上小燕却未归。
后园鸡鸭树荫栖，悠悠老童寄东篱。

忆法国之旅

巴黎古城驰有名，埃菲尔塔高耸立。
世界宝藏卢浮宫，油画雕塑文物多。
生活悠闲尽浪漫，咖啡香槟沿街见。
露宿街头流浪人，小偷劫掠谨防范。

又到小满话当年

又到小满话当年，油菜结籽麦子黄。

春蚕眼醒妇采桑，梅雨正忙夫双抢。

晓星出门摸黑归，新麦未干磨粗粉。

挥汗驱蚊疙瘩面，今时难见旧时忙。

哀悼袁隆平院士

无双国士袁隆平，
稻浪千重惠万民。
以食为天贤齐天，
手捧稻菽思伟人。

夏日荷塘景

春去夏已至，荷叶尖苞展。
昨夜阵雷雨，荷上晶珠流。

怡心养鸡鸭

开窗栅栏园，树大可遮阳。
鸡鸭树下栖，斑鸠侵食强。

旧巢燕子归

梁上旧巢双燕归，不期产卵孵小燕。
雏燕索食黄口嗷，雌雄觅虫轮番转。
待到羽丰各东西，双燕啾啾悲儿凄。
凡鸟偏从天上来，农人仰望生共情。

农家乐园

老童逍遥到此游，鸟语花香何惆怅。
老友居家花果山，桃败杨梅柚子长。
果树阴下鸡鸭养，蜜蜂飞舞采花忙。
城厢喧哗污尘染，农舍宛如桃花源。

初夏荷塘

不知近水荷先发，荷苞绽放人未知。
昨日冒出尖尖叶，不觉已是满塘碧。

红冠黑水鸡

一

夏时渐热荷塘盛，红冠羽黑水鸡溜。
丛中做窝下蛋孵，不日雏鸡满塘游。

二

红冠双鸡荷中戏，觅食备饥于荷丛。
产蛋孵化破壳出，小鸡游曳碧水中。

端午

又逢端阳五月五，驱邪食粽划龙船。
华夏自古祭屈原，不畏奸佞爱国家。
如诉如泣离骚赋，以死抗争千古颂。
我逢端午念先人，勿忘国耻鸣警钟。

荷塘夏月

雨拂荷塘连碧天，晴日荷花竟绽放。
风拂岸柳鸟欢唱，云过诗成吾心安。

悼同事邵源清

相识共事四十载，居今一病撒人寰。
天方一别阴阳隔，心酸泪水不禁潸。
君驾鹤西不复返，魂升天堂音容在。
愿你天堂逍遥游，山花烂漫托梦来。

登铜山寺

我与青山宿有缘，吾今有兴登铜山。
铜山寺庙依山筑，层层殿中皆菩萨。
送子观音四金刚，弥勒大肚笑常开。
大肚能容烦心事，笑口常开不计嫌。

荷花赞

采莲阿囡置身中，荷池闻声影无踪。
小荷才露尖尖角，蜻蜓屹立在顶中。
盈盈荷上露明珠，晴日晴花竞相从。
花中幽香宜招蜂，蜂在花中乐无穷。
荷叶罗裙一色裁，荷花两边向脸开。
老童天天荷池转，儿孙平安我开怀。

台风"烟花"

东海老龙嘘恶气，万里巨浪掀天起。
祸乱人间风纵横，婺州剑出妖花遁。

家乡生活点滴

庭院四季有鲜花，心闲只解养鸡鸭。

宅前临田植荷花，隔着红莲间白花。

半片荷藕不长花，藕胖无染糯口香。

傍晚闲步沿江畔，步步风光在眼前。

溪水潺潺本无忧，风起微漾起皱面。

绿地草花蜂蝶窜，树盛叶茂鸟声繁。

遥见白鹭觉鱼候，惊起群鸟阵飞翔。

小鸟枝头唱清音，秋蝉凄凄天湛蓝。

秋景

心随流水傍溪行，堪笑顽童腰脚健。
相携老伴沿溪走，秋风徐徐赏秋斓。
柏叶微红已知秋，芦花乱舞心不愁，
寒蝉凄惨竭微声，雁鹭纷纷往南翔。
任牛越过小溪滩，牛循草路无须鞭。
只在残阳欲坠间，搔首何须向问天。

秋景之感

开窗丹杜飘幽香，深知晚秋已夕阳。
一杯热茗欲编诗，提笔忘字何偏旁。
顿觉思路不如前，对着镜子不忍看。
皱纹条条斑点点，牙齿换岗满头霜。

初冬雨寒

一夜东风袭雨来，树秃花落映斜阳。

牛饥无奈啃草茬，虫鸟寂声觉夜长。

悠然见南山

老友居舍在南山，后山栽下果满园。
柚黄累累压枝低，经冬柚子味愈甜。

家和万事兴

水流无限大河满，小家大家是乐园。
国强民富众心齐，共把美好家园建。

宝岛乐园

南国风光，如沐春日。柳风海韵，薄纱蝉翼。
徜徉公园，椰树林立。展翅张翼，欢迎来客。
榕树风格，盘根错节，根须风拂，丝丝缕缕。
犹如窗帘，见土就发。三角梅花，火火红红。
民族舞，广场舞，莺歌燕舞，
太极拳，功夫剑，身体锻炼。
地方戏，流行歌，声声悦耳。

海岛风光游旖旎

观海望景心澎湃，潮起潮落百感集。
人生如浪意难平，大海茫茫有浩气。
帆舟点点乘风浪，驰骋浪尖如平地。
纵浪险危亦不惧，风光旖旎目所及。

忆黄石公园

故里已是寒天雪，忽忆黄石公园游。
雪山玉景冰山川，满眼美景令人醉。
漫天飞舞似芦花，遍山美地白皑皑。
银树披挂玉晶莹，洁白无瑕又玲珑。
奇妙歇泉喷百丈，美景长留在梦中。

家乡春天风光

足不出户隔疫情，闷在幽室太孤寂。
昨夜春雨未停歇，闲步江畔赏春景。
河涨水流急又浊，雨岸草木葳蕤郁。
堤处斑斑红黄绿，如今家家种苗木。

想念老朋友

夜深，海浪涛涛，椰风习，
海韵旋律中渐入梦境。
梦见老朋友相聚，觥筹交错，
畅言甚欢，快乐无比。
天下乐闲人，归心忆友人，
平生有幸，知交甚多。

友人相聚

老友皆耄耋，犹如日将暮。
相聚情切切，开心笑呵呵。
老妪眼不花，裁缝制作衣。
老叟染黑发，打工充壮力。
体康又幽默，未曾问医家。
酒后话开闸，忆旧频回首。
颂今社会安，百姓衣食足。
老者俱忘忧，子孙皆贤孝。

深山挖笋

疫情来势汹，不知何所往。
吾心素已闲，栖居深山里。
倚仗披荆棘，荷锄挖竹笋。
隔年竹笋少，今岁雅兴多。

随遇而安

四月杜鹃花正盛，此时赏花最佳期。
疫情一波接一波，如逢大雪封城村。
杜鹃花盛无人赏，宅家也是作贡献。
翻看前年途中照，书中如有忘忧药。

闻白龙桥疫情发

疫情几时过，心急似火焚。
传播若洪流，党政措施稳。
拙诗讨顽疾，词穷意难平。
吾虽垂垂老，愿做一卒兵。

桑果园

疫情封村要守规，独自逍遥溪河堤。
初夏暖风拂身舒，桑果园翠绿欲滴。
枝桠结满桑葚果，青红熟透渐紫色。
主人邀我自采摘，酸酸甜甜满嘴塞。

上海抗疫加油

上海封城见泪痕，阴气晦晤无情风。
天道无知罹其毒，忧患何时鹊喜声。
潜心默祷若有应，岂非正直能感通，
先忧天下再忧我，天道无情人有情。

忘忧

疫情添忧人心惶，天淡云闲野外逛。
草花鸟啼亦欣然，香风四溢润酥爽。
雨少溪流小露滩，游鱼遁入深水潭。
疫情停工人亦闲，捕鱼乐而忘吾忧。

忆旧游

一时回首忆旧游，人生轨迹坎坷多。
往事不堪再回首，如今四世同堂歌。
儿孙读书破万卷，学人正道德行厚。
长江后浪推前浪，世上能人何其多。

老有所乐

老夫聊发少年狂，捞萍解怠养鸡鸭。
绿荫树叶遮小鸟，趁机落下争饲料。
犹恐惊飞咕咕鸟，悄轻开窗看热闹。
池田小荷尖尖苞，夏莲怒放在今朝。

乐天知命

耄耋之年性逍遥，放眼世界游山川。
一杯热茶瞎编诗，用词忘字多自嘲。
老妻堂前喜栽花，老夫后檐养鸡鸭。
晨起清凉田园转，自由自在乐陶陶。

游遂昌门阵银坑

革命圣地浙中南，崇山峡岭竹林茂。

当年红军粟裕将，运筹帷幄游击战。

星火燎原洒热血，百胜将军美名扬。

今日将军驾鹤去，留得战场后人鉴。

儿童节成赋

余生战乱时，倭寇犯中华。
警报呜呜凄，坐筐深山避。
如今少年童，父母掌上珠。
祖国之花朵，承恩社会福。

端午节感赋

五月五日端阳节，家家粽子划龙船。
深怀屈原华夏杰，爱国诗人刚阿直。
不畏奸佞洁品行，以死抗争离骚诉。
一曲壮歌二千年，中华儿女为楷模。
端午时节雨连连，瘴疬瘟疫易肆虐。
艾叶菖蒲银黄酒，杀虫除湿防病疾。
钟馗门前横刀立，驱邪纳福平安保。
吃过粽子又盛夏，四季八节应时过。

梅雨

黄梅时节雨淫淫，江水浑浊时时涨。
人困力乏脑晕晕，鸭子戏水声悠长。

六十年代话芒种

芒种子规声啼回，蚕熟茧结麦登场。
早出晚归连轴转，深夜评分争耳赤。
十个二分五角钱，年终分粮钱倒贴。
往事如烟一幕幕，后人哪知前人艰。

扦番芋

六月梅雨淅沥沥，农家户户扦番芋。
番芋藤茎见土发，十月收获满喜悦。
当年灾荒肚中饥，番芋当作奢侈食。
今人未解昔日苦，竟笑我等太无能。

后院鸡鸭

老伴喂鸡咯咯呼，群鸡争跃疾如飞。

边喂边数知多少，争先恐后忙赶追。

荷花塘

半亩方田栽荷莲，绿萍凫鸟有青蛙。
叶卷花开徘徊赏，打捞绿萍养鸡鸭。

望海归

隔海遥相望，台岛同胞多。
兄弟同根生，何须操干戈。

相约在海岛

蓝天白云阳光璨，大海茫茫水连天。
沐浴阳光在海滩，艳裙薄翼戏水欢。
石岛陡岩不知倦，童心未泯忘年欢。
欢声笑语海鲜宴，觥筹交错耳热酣。
心随海鸟共悠悠，四天遨游乐所见。
感谢诸君巧安排，明年海岛再相会。

平潭之游

岁月流逝驹过隙，转眼已是两鬓霜。
相遇相见不相识，重聚情场未尽言。
生活浪漫又潇洒，快乐人生寿命高。
傍海依波望明月，淡泊明志心不老。

夏日赏荷塘

七月流火夜难眠，鸡鸣曙光奔荷塘。
爱莲出淤不污染，清风淡淡飘荷香。
荷露滴流叮咚响，碧波泛起花点点。
翠绿花红争斗艳，隐身青蛙呱呱唱。
点水蜻蜓花苞栖，蜜蜂花蕊共徘徊。
荷塘赏心能解忧，怡情悦性更舒怀。

荷塘美境

荷花开在盛夏里，不到高温花不开。
云淡风轻近午天，身临其境美意来。

荷塘赞

暑热荷迅发，满塘泛碧绿。
荷苞点点冒，荷花竞绽放。
蛙声阵阵呱，闻悉潜远遁。
荷掩凫做窝，温高小凫孵。
尖苞蜻蜓立，蜂舞花蕊中。
采莲入荷丛，碧动影无踪。
予独爱莲之，出淤而不染。
荷风送清香，赏荷不知厌。

炎热七月天

炎热似笼烤，蝉噪心更烦。
身在幽室中，一杯香茗茶。

农家乐园

现今新农村，处处有生机。
科技在田间，蟠桃压枝低。
瑶池落凡界，玉米有甜糯。
番茄串串红，丝瓜吊满架。
津口有西瓜，甜瓜结满藤。
蔬果鲜嫩绿，农家变乐园。

大暑

南风呼呼热气喷，毒阳辐射似火烧。
地干草枯树叶焦，燥热犹似在蒸笼。
闭门幽居空调房，清凉舒爽心来潮。
不免重忆当年事，木板当床露宿天。
谷秕熏烟驱蚊虫，蒙眬晨曦开早工。
赤膊挥汗割早稻，早稻未完种晚稻。
水烫背脊蚂蝗咬，只为工分不惜命。
改革开放四十年，致富莫忘开拓者。

高温盼雨

身临火焰山，问天呼猴王。
借得芭蕉扇，祭雨降清凉。

久旱未雨

蝉声力竭知了悲，深林小鸟寂无声。
家犬伸舌气吁吁，水牛泥坑打浆滚。
鸡鸭树荫懒觅食，小溪露石水流浅。
久旱未雨灾情殃，雷声轰隆却无雨。

忆儿时抗旱

同时天旱境不同，儿时天旱仰天叹。
大塘小塘底朝天，农人壮汉踏溪车。
溪水小流重重翻，脚踏水车唱号歌。
水车一转分等码，汗水流水禾仍渴。
声嘶力竭拼命踏，怎奈杯水救车薪。

炎热盼雨

毒阳无情烤大地，炎热难耐锅台蚁。
翘首望天两眼穿，心焦如焚雨不来。
午后东方乌云盖，雷声隆隆城欲摧。
道是无雨却有雨，青蛙湿嘴地麻点。

五一节游塔石深山

崇山峻岭路蜿蜒，峰回路转似上天。
层林尽染峦叠翠，绝壁对崎风光鲜。
山里人家又一村，雕梁画栋遗古风。
仿佛来到神仙地，山外之人游兴浓。

琼海思念亲友

故里已天寒，琼岛阳光暖。

独坐海边堤，向南默思念。

老友皆年高，身体可安康？

天冷勤添衣，多加营养餐。

开心使人笑，豁达心境宽。

少与人计较，宠辱两相忘。

心安血压平，身健能御病。

余生老来福，儿媳巧安排。

顿顿富营养，天天有笑颜。

小区泡温泉，海边赏风景。

江南风土薄，唯愿子孙贤。

家家皆平安，岁月静无恙。

乡村农家

向阳门前四季花，人逢喜事花含笑。
后窗枝上鸟语喧，鸡鸭齐唱曙光早。

雨后荷塘美

丝雨蒙蒙荷塘碧，芬芳红艳美无瑕。
夏风微凉荷碧动，叮叮咚咚莹珠佳。
垂老爱莲湖田植，半边荷藕半边莲。
天天逗留荷塘边，清香溢远夏日长。

曾孙女

孙儿带女儿，曾女探太公。
儿孙复满堂，喜遂颜开乐。
心悦童未泯，相携田颠狂。
丝雨蒙蒙霖，荷塘雨中美。
荷叶露珍珠，荷花欲水滴。
蜻蜓尖苞立，蜂采雨不息。
采莲沾衣湿，莲子心虽若。
安神是良药，稚童玩兴浓。
荷叶擎雨盖，举花摆姿态。
轻盈翩翩舞，童叟无惧悚。
尽兴乐融融，赏心皆可羡。
绕着太婆走，鸡栅捡鸡蛋。
兴趣犹未尽，回城依依别。

思念小孙

遥望大海茫茫，思绪万千。

难掩对小孙牵念！尔已长大，羽丰翅张，

飞越惊涛骇浪，翱翔穿过蓝天彼岸！

实现自己的抱负和理想，寻求知识海洋！

心志坚强，何惧孤单，异国他乡有你老师和同窗，

学然后知不足，学业有成，载誉而归是家人共同

期望。

游五指山

峰峦叠嶂隐层雾，徐徐纱巾遮指山。
穿越雨林峡谷处，树抱巨石顽强生。

畅游七仙岭

云雾缭绕宛仙境，七峰酷似七仙女。
春雨林幽润万物，抱石乔木树参天。
绕藤附树蛟龙盘，抬头如见天宫殿。
登高台积三千八，在上峭崖铁索攀。
陡峭莫道不销魂，望而生畏怯难上。
下阶不可太匆匆，倚仗慢下眼放低。
草木葱茏多佳气，敬畏生态天恩泽。
最是人间美景处，来此一游乐忘年。

荷塘乐

余今耄耋年，寻乐颐养年。

植有半面荷，欣赏当乐园。

微风荷叶摇，花在碧丛间。

荷美养人眼，花艳迷人心。

前日花苞放，今已黄金莲。

莲熟似蜂巢，采莲隐荷塘。

人隐荷叶动，蜂舞做我伴。

心乐不知倦，其乐却无穷。

北山友人避暑山庄

暑热难捱找阴凉，友人北山避暑庄。
背靠青山树茂翠，门对鹿湖室镜嵌。
曲径斜道闲阶上，弥桃串串挂架上。
小池荷花蔬菜绿，石亭幽径堪慵懒。
清风过时身舒畅。不是桃源胜桃源。

塔石胡载来家做客

道曲路转时几弯，清溪林茂秀竹翠。
云雾缭绕隐齐峰，高山缥缈自仙灵。
蒙雨烟雾罩村落，山农梯田弯路回。
山黛幽雅诱人叹，景美神怡忽忘归。

逛九溪十八涧

秋光秋媚秋色痴，
游遍西湖逛九溪。
山幽泉静人步缓，
林中有鸟啼清音。
涉水穿越十八涧，
山谷茶园一重重。
龙泉沸水冲香茗，
洗去半生俗世尘。

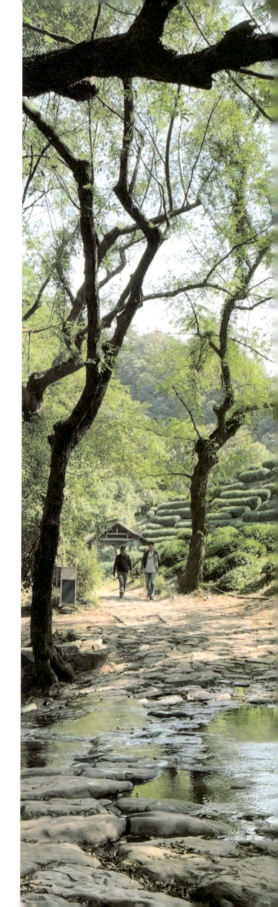

不忘初心　方得始终

——《贤咏集》跋一

刘景萍

　　俗话说："家有一老，如有一宝。"作为儿媳妇，我经常对身边的人说，老爷子活得通透明白，是一个有大智慧的人。他今年八十多岁，精神矍铄，身体硬朗。能下地耕种，也能游山玩水；能闲话家长里短，也能写诗摄影。有了新作，经常会图文并茂地在朋友圈进行分享，我和亲朋好友们也经常在下面点赞、评论互动。

　　老爷子是一个勤奋的"诗人"。虽然起步较晚，就像他在《夕阳颂》中所写"暮年方来学诗摄"，写诗也只是为了"自娱自乐求欢愉，抒发雅趣心情怡"，但短短几年时间，竟也积累起了数量相当可观的作品。作为晚辈，我觉得不论是在文学艺术价值上，还是在家族的情感寄托和纪念意义上，这些诗作都是非常好的素材。

不忘初心，方得始终。虽然老爷子谦虚地说他写的不算诗歌，但由于他独特的生活阅历和生活态度，他的很多诗作和摄影作品，角度新颖、清新自然，情真意切、富有哲理。现在老爷子的儿孙们大都生活在城市，对农村养鸡砍柴、割麦插秧等场景已经越来越陌生。正因如此，这本诗集才更加显得意义重大，它是后辈们了解先辈过往、追忆往昔、守住初心的绝佳载体。

——他的诗里有深沉浓厚的家国情怀。家国情怀强调个人修身、重视亲情、心怀天下。在这本诗集里，不论是儿孙们升学、家庭聚餐的点滴，还是国庆、端午等重大节日，他都"歌以咏志"，用文字记录所思所感，充分展现了他对家庭、家族这个小家的深厚感情，更流露出他对国家、民族的赤诚热爱。

——他的诗里有豁达乐观的生活态度。他在自己的作品里自称"老童"，在尽可能充实每一天、热爱生活的同时，他对生老病死的态度十分豁达。诗集中有不少悼念之作，面对故交离世，他虽然也觉得"阴阳两相隔，悲摧肠欲裂"，但心境始终很坦然，认为死亡也不过是"青山陪松柏，幽静伴鸟音"。在《老来乐》中他更是明确表达了自己的生活态度："生活如明镜，你笑他也笑。"又如，在《秋景之感》中自嘲"对着镜子不忍看""皱纹条条斑点点，牙齿换岗满头霜"，妙趣横生，可爱又可敬。

——他的诗里有返璞归真的审美情操。老爷子虽没有经过专业学习，但作品贵在真实质朴，颇有乐府诗之风韵。同时，诗集中也不乏反复推敲锤炼的佳句，可谓雅俗共赏。例如《深山茶园》"春山一路鸟空啼，烟雾蒙眬雨若无"一句，前半句造境清幽空灵，后半句与"草色遥看近却无"有异曲同工之妙。又如《夏日赏荷》中"千朵红莲万方水，一弯明月半亭风"一句，对仗工整，巧用数字的同时配合白描手法，读来唇齿生香、意境幽远。除了诗作，他的很多摄影作品从构图、取景、题材上也颇见功夫，体现了其纯真质朴、追求真善美的价值取向和不俗的审美水准。

　　老爷子一生见证了新中国成立前后近百年的沧桑巨变，他的人生和诗作，也是中华民族伟大复兴的一个缩影。他常被大家叫作"乡村行吟诗人"，其实我们带着他去了全世界不少国家，这本诗集里也有不少就是记录他出国旅行的见闻、感想。但不管看过多少风景，去过多少地方，老爷子都用一颗赤子之心，善意地打量、记录这个世界，平静却充满力量。

　　希望此书的读者，尤其是汤氏家族的后辈子孙们，每次打开《贤咏集》，都能从中汲取老爷子的智慧、经验、意志和力量，无愧今天的荣光，不负明天的梦想。

2022年10月5日于海南（作者系汤世贤先生大儿媳）

诗忆往事　可鉴未来

——《贤咏集》跋二

卢锦华

不知从什么时候起，发现公公的案头多了很多稿纸与本子，有的本子是他平时看书时读到好文好句的摘抄，有的是他平时所见所闻、所思所想的随笔，时间长了，居然在书桌上占据了一角。公公从农业中学肄业，上学时就喜欢与同学们一起写样板戏，大家一起排练演出，写作是他一直以来的爱好。年轻时忙于养家糊口，没有时间写，现在退休了，他没有赋闲虚度，而是锄头不丢，笔耕不辍，年逾八十每天早上还去荷塘里摘莲蓬，捞藻养鸡鸭，归来洗手做文章，生活充实而快乐，心情愉悦而向上。

我们在整理诗稿的过程中，重温了老人的人生经历，感受到他迎难而上的精神、老而弥坚的斗志以及对亲友的深情和对晚辈的厚望。这对我们而言，是一种很好的教育；而对我们的子女而言，更是一种很好的激励。先生读后不禁有感而发："耕为养口，读为养心，父亲此生，二事始终，从不辍断。笔耕无图，写诗自娱，重生忘年，建言留墨。以诗记事，可忆可鉴。亲友恳望，内人附和。吾兄题名，《贤咏集》成。耕读传家，子孙榜样。书香盈室，家风淳朴。老父自谦，俗句非诗。本人读之，此乃精粮。似俗实雅，不可不留。小之家事，大为世观，民间实史，妙趣横生，非造作之文也。"

给公公出一本诗集的念头，最初来源于好友的建议，后来变成了全家人的共识。从选文、改稿到作序、写跋等方方面面的筹划，吴重生总编辑给了我们许多很好的建议，我们全家不胜感激！在此还要由衷地感谢中华诗词研究院副院长王锡洋先生，他利用在中央国家机关党校学习的间隙，百忙中为本书作序。感谢大诗人艾青的夫人、九旬诗人高瑛先生题写书名。所有这些，都是对我公公创作的肯定与鼓励，我们铭记于心。

感谢各位家人、朋友的支持！感谢广大读者选择阅读这本诗集！

2022 年 10 月 9 日于杭州

（作者系汤世贤先生小儿媳）

图书在版编目（CIP）数据

贤咏集 / 汤世贤著. -- 北京 ：中国广播影视出版社，2023.1

ISBN 978-7-5043-8980-0

Ⅰ．①贤… Ⅱ．①汤… Ⅲ．①诗集－中国－当代 Ⅳ．①I227

中国国家版本馆CIP数据核字（2023）第 005263 号

贤咏集

汤世贤　著

责任编辑	余潜飞
封面设计	林智文化
责任校对	龚　晨

出版发行	中国广播影视出版社
电　话	010-86093580　010-86093583
社　址	北京市西城区真武庙二条9号
邮　编	100045
网　址	www.crtp.com.cn
电子信箱	crtp8@sina.com

经　销	全国各地新华书店
印　刷	杭州捷派印务有限公司

开　本	710毫米×1000毫米　1/16
字　数	80（千）字
印　张	16.5
版　次	2023年1月第1版　2023年1月第1次印刷

书　号	ISBN 978-7-5043-8980-0
定　价	98.00元